प्रतिध्वनियाँ

काव्यसंग्रह

आनन्द सोहर 'व्याकुल'

GP
gurucool
PUBLISHING

Published by:

Gurucool Publishing
#102, Sai Krupa Nilayam,
Nagendra Nagar, Habsiguda, Hyderabad – 500 007
Ph: 7702566640
E-mail: info@gurucoolpublishing.com

पताः मकान नं. 141, रौड़ा सैक्टर नं. 2, जिला बिलासपुर हिमाचल प्रदेश-174001, मोबाईलः 9418473095

ISBN: 978-93-93582-95-9

First Edition – 2023

Production Executive : Madan Mohan R, Hyderabad
Cover Design by : Gurucool Publishing, Hyderabad
Printed at : Devanshi Digital Printers, Hyderabad

"प्रतिध्वनियाँ " जो कभी मरती नहीं

बिग बैंग से सृष्टयारम्भ मानने वाले उस विस्फोट से जनित शब्द में आज भी सृष्टि का इतिहास ढूँढते हैं,, वह शब्द आदि है अनंत है। बार बार सृष्टि में प्रसारित होते हुए बाधाओं से टकराकर प्रतिध्वनित होता रहता है। शेष सभी ध्वनियाँ या शब्द उस आदि अनंत ध्वनि की प्रतिध्वनियाँ मात्र हैं। हमारा मन भी एक ब्रह्माण्ड है जहाँ टूटन, प्रस्फुटन, युग्म हर समय घटता रहता है जो निरंतर ध्वनि या शब्द पैदा करता है। यह ध्वनियाँ हमारे विचारों में प्रतिध्वनित होती रहती हैं और रचना के रूप में स्रष्ट होती रहती हैं। अर्थात साहित्य का रचना संसार हमारे विचारों की प्रतिध्वनियाँ ही हैं।

सबरंग काव्यसंग्रह के बाद "प्रतिध्वनियाँ" आनंद सोहर "व्याकुल" जी का दूसरा काव्यसंग्रह संग्रह है, आनंद सोहर "व्याकुल" जी स्वनामधन्य समाज में घटित होने वाली आकुल व्याकुल करती घटनाओं को अपनी रचनाओं में रुचिकर शब्दों में बांधकर कविताओं, गज़लों, हास्य क्षणिकाओं के माध्यम से प्रतिध्वनित करते हैं। आनंद सोहर जी की विशेषता है कि अतिसंवेदनशील रचनाओं में भी अवसाद का रंग नहीं आने देते। हास्य व्यंग्य के पुट में रचनाओं में पठनीयता और रुचि बनाये रखते हैं। इस संग्रह में उनकी प्रथम रचना "**स्वतंत्रता की**

बलिवेदी" देशभक्ति से ओतप्रोत भारत माँ के शहीदों को श्रद्धांजलि है,

जिन्हें तड़प थी, आज़ादी की,
सबने फंदे चूम लिए,
भारत माँ के दुःख को समझा,
घर का सब सुख भूल गये।

"मेरा देश" कविता में यही भाव वर्तमान हालात पर चिंता में परिवर्तित हो जाता है,

कुछ न कुछ,
रोज ऐसा घटता है,
मुल्क टुकड़ों में ,
रोज बंटता है,

"नया आभास" कविता में, सांसारिक रिश्तों पर करारा तंज है,

आया हूँ अपने घर में,
रहने के वास्ते,
पता चला कि अपनों का,
यहाँ टोटा है।

आभासी दुनियाँ **"फेसबुक"** रचना में वह एकाकी जीवन भोगने वालों के लिए फेसबुक को वरदान मानते हैं ,

ये दुनियाँ बियाबान थी ,
गर तू नहीं होती,
यहाँ जीना भी घमासान था,
गर तू नहीं होती।

"एक शब्दचित्र" रचना जरावस्था की दुशवारियों का सचित्र चित्रण है,

दोस्तों का,
अक्सर सवाल रहता है,
कैसी सेहत है?
क्या चल रहा है?

कभी बी पी अकड़ता है,
कभी सुगर मचलती है,
कभी आँखें हुई बोझिल,
कभी धड़कन उभरती है।

"अपना स्टाईल" रचना "व्याकुल " जी के व्यक्तित्व का दर्पण है,

जीने को जिन्दगी का,
अपना स्टाइल हो,
दिल जार जार रोये,
मुंह पर स्माईल है।

जम जम के बरसते रात दिन,
बादल निकल गये,
चमकेगी फिर से धूप,
ये मेरा ख्याल है।

जीवन में आशावादी होना अतीव आवश्यक है। और आशावादी होकर दुःख से भी सुख को निकाल लेना भोगना, जीवन का अनमोल दर्शन।

"**प्रतिध्वनियाँ**" काव्यसंग्रह में एक सौ एक रचनाएँ हैं, जो एक से एक बढ़कर हैं। यहाँ कुछ रचनाओं की प्रतिध्वनियाँ मात्र हैं, जो संकेत करती हैं कि यह काव्यसंग्रह पाठकों के लिए संग्रहणीय है। संग्रह में, कुण्डलियाँ, दोहे, गीत, गज़ल, छंद, छायावादी रचनाएँ, हास्य व्यंग्य अर्थात लगभग हर अंग की रचनाओं को शामिल किया गया है। काका हाथरसी सा शुद्ध हास्य उनकी रचनाओं में मिलता है जहाँ वह स्वयं को निशाने पर रखते हैं, भोंडापन उनके साहित्य में नदारद है।

राजनीति पर करारा व्यंग्य "**राजनैतिक रक्षाबन्धन**" रचना में स्पष्ट दिखता है,

दीदी के घर जाओ बबुआ,
राखी वहीं बन्धवाओ रे।

सच्चाई की किसे जरुरत,
कुर्सी प्यारी प्यारी है,
जनसेवा का करो दिखावा,
उसको कौन भुलाये रे।

अपना मुल्क त्योहारों वाला,
नित नित नया मनाओ रे,
जनसेवा का संकल्प न भूलो,
नित नई जुगत भिड़ाओ रे।

दीदी के घर जाओ बबुआ,
राखी वहीं बन्धवाओ रे।

"**नये नकोर दोहे**" से एक दोहा उद्‌धृत है,

प्यार मुहब्बत, नौकरी,
मिले न बारम्बार,
जैसी जिसकी नीयत हो,
वैसा कारोबार।

"**हालात**" रचना खूबसूरत है,

अब कोई नुक्सान हो,
या हो जायें नफे,

मुझको इलैक्शन लड़ना ही है,
हर हाल इस दफे।

सूखे टुकड़े मिल रहे,
महंगाई झेल कर,
हलवा मॉंडा मुझको भी,
खाना है इस दफे।

पाठकों के लिए इस रुचिकर खाने का, रचनाओं के माध्यम से , आनंद सोहर "व्याकुल" जी नें "प्रतिध्वनियाँ " संग्रह में प्रतिध्वनियों के व्यञ्जन कहलूरी धाम की तरह परोसे हैं। आशा है आप सबको यह धाम जायकेदार लगेगी, और स्मृतियों में सदैव प्रतिध्वनित होती रहेगी। आनंद सोहर "व्याकुल" जी को इस दूसरे काव्यसंग्रह के लिए हार्दिक बधाई एवं शुभकामनाएँ।

डॉक्टर जयनारायण कश्यप,
मकान नंबर 120, रौड़ा सैक्टर, 2,
बिलासपुर, हिमाचल प्रदेश - 174001,
मोबाइल फोन : 7876078790

शुभानुशंसा

।। काव्यस्यात्मा ध्वनिरिति बुधैर्यः समाम्नातपूर्वः।।

काव्य की आत्मा ध्वनि है ऐसा संस्कृत वाङ्मय के सभी आचार्यों ने कहा है। ध्वनि सिद्धांत की परंपरा को आगे बढ़ाते हुए श्री आनन्द सोहर 'व्याकुल' जी द्वारा रचित कविता संग्रह **'प्रतिध्वनियां'** के प्रकाशन पर अतीव प्रसन्नता हो रही है। यह एक ऐसा अद्‌भुत काव्य संग्रह जो निश्चित रूप से समाज में नवोन्नित काव्य सौंदर्य का प्रवाह करेगा। ग्रन्थ में बहुत ही सरलता के साथ सामाजिक गतिविधियों को काव्यबद्ध किया गया है सामान्य जीवन को किस प्रकार से कविताएं प्रभावित करती है किस प्रकार सकारात्मक ऊर्जा का संचार करती है निश्चित रूप से इसकी अनुभूति और प्राप्ति इस काव्यसंग्रह के पठन से होगी। और यह लेखक की लेखन शैली का माधुर्य ही है। ग्रन्थकर्ता के लेखन कौशल की सार्थकता तभी सिद्ध होती है जब उनके द्वारा रचित साहित्य उस वर्ग के सुधी पाठकों के सहृदय में प्रवेशकर उनके अंतःकरण को स्पर्श करता है। 'प्रतिध्वनियां' काव्य संग्रह पुस्तक का आलोडन कर ऐसा प्रतीत होता है कि निश्चितरूपेण यह पुस्तक समाज के हर वर्ग को प्रेरित कर उद्देश्यों की पूर्ति कराते हुये **शिवेतरक्षये** पाठकों एवं लेखक के लिए कल्याण के मार्ग को प्रसस्त करेगी।

श्री आनन्द सोहर 'व्याकुल' जी साहित्य परम्परा के क्षेत्र में काव्य संकलन में अहर्निश संलग्न रहे इसी कामना के साथ 'प्रतिध्वनियां' पुस्तक प्रकाशन के लिए अपनी असीम शुभानुशंसा प्रेषित करता हूँ ।

।।शिवसंकल्पमस्तु।।

डॉ राजेन्द्र प्रसाद शास्त्री
आचार्य, शिक्षाशास्त्री, पीएच.डी (ज्योतिष)
धर्म विशारद, साहित्यरत्न
श्री दुर्गामाता मंदिर विलासपुर (हिमाचल प्रदेश)

प्रतिध्वनियां

पाठकों के अपार असीम स्नेहार्शिवाद के फलस्वरूप प्रतिध्वनियाँ नामक काव्य संग्रह सब महामाई और विघ्नहर्ता गौरी नन्दन की अपार कृपा से लिख पाया हूँ। इस काव्य संग्रह में गीत, गज़ल, कवितायें कई कुछ है। जो भाव तरंगित करते रहे उन्हें शब्दों में मनोयोग से पिरोता रहा, कागज़ पर उतारता रहा यानि कागज़ काले करता रहा।

ये प्रतिध्वनियां कैसे उपजी ? क्यों उभरी ? मैं स्वयं नही जानता। अब संग्रह आपके हाथ है जो कुछ मुझ से बन पड़ा लिख दिया। आप पाठक भी है, न्यायधीश भी।

अपने बारे इतना ही पर्याप्त होगा कि विकास, पत्रकारिता से जुड़ कर भला लगा और कार्य करते-करते संवेदनशीलता का उजास भीतर तक उतरता रहा। "सबरंग" कविता संग्रह 2022 में तथा "प्रतिध्वनियां" 2023 में पूरा किया। आशीर्वाद प्राप्त होगा तो अच्छा लगेगा।

इस पुनीत कार्य में धार्मिक मेरी धर्मपत्नी श्री मति रंजना सोहर, दोनों सपुत्र आशीष और अमित सोहर पुत्रवधूये श्रुति सरस्वती, मिताली सोहर, पौत्र निवान, दिव्यांश और लाड़ली पौत्री दिविशा की भी भागीदारी है। लेकिन श्रुति

सरस्वती का विशेष आभारी हूं जिन्होने इस के प्रकाशन में मुझे सक्रिय बनाये रखा। सफर जारी है।

आनन्द सोहर 'व्याकुल'
पताः मकान नं. 141, रौड़ा सैक्टर नं. 2, जिला बिलासपुर हिमाचल प्रदेश-174001, मोबाईलः 9418473095

विषय सूची

स्वतंत्रता की बलिवेदी

जिन्हें तड़प थी, आज़ादी की
सबने फंदे चूम लिये
भारत मां के दुःख को समझा
घर का सब सुख भूल गये ।
जिन्हें तड़प थी, आज़ादी की
सब के खातिर लड़े लड़ाई
आजादी के वीर दीवाने
भारत माँ के वीर सिपाही
अपना सब कुछ भूल गये
नमन - नमन हो शत-शत उनको
जो फंदों से झूल गये।

(व्याकुल)

जिन्हें तड़प थी ....

आयें उनको नमन करें
याद करें कुरबानी को,
उनकी गाथा याद करें सब
जिनको सारे भूल गये।

सबको प्यारी भारत माता
उनको भी विश्वास दिलायें
ज़ंजीरों से जकड़ी थी वो
कैसे उसको भूल गये?

जिन्हें तड़प थी आजादी की
सबने फन्दे चूम लिये।

(व्याकुल)

मेरा देश

कुछ न कुछ
रोज ऐसा घटता है
मुल्क टुकड़ों में
रोज बंटता है।
लुटती रहती हैं
अस्मतें जिनकी
उनकी चीखों से भी
ध्यान नहीं बंटता है।
कभी मासूम कत्ल होते हैं
छोटी जाति के
कभी नृशंस हो कर मानव को
मानव ही क्यों निगलता है
जब जमीन एक है
और आसमां भी सांझा है
फिर ऊंच नीच का
चक्का क्यों नहीं संभलता है
कुछ न कुछ रोज ऐसा घटता है
मुल्क टुकड़ों में रोज बंटता है।
धर्म, जाति का ये करिश्मा है
मुल्क का सफर आगे बढ़कर भी
रोज पीछे को फिर पलटता है।

(व्याकुल)

नया आभास

आया हूँ अपने घर में
रहने के वास्ते
पता चला कि अपनों का
यहाँ टोटा है ।
बिगड़-बिगड़ के बनती
जहाँ में देखी है।
नसीब निकला अपना
यहां भी खोटा है।
होंगी मजबूरियां भी कुछ उनकी
मैंने ऐसा भांप लिया
दिखाया हौसला ऊपर से,
मग़र दिल बड़ा छोटा है।
अपनी बदसूरती को जाना
यही काफी है।
साथ मे बैठना उठना
तो महज़ धोखा है।
दुआ सलाम हुई बड़ी तसल्ली से,
हाल जान लिया
यहां हर आदमी,
बहरा सा एक मुखौटा है।

दिल के जख्मों की परवाह कौन करता है?
ये चलन पुराना है,
नित नया समझौता है।
आई लव यू - आई लव यू की,
रट लगाते हो,
सीख कर बोलता है,
ये तो एक तोता है।
आया हूँ अपने शहर में
रहने के वास्ते,
पता चला कि अपनों का यहाँ टोटा है।

(व्याकुल)

यादें

उभरी किसी की याद
आंखे सजल हुई,
दिल में किसी की आह से,
ताज़ी ग़ज़ल हुई।
दिल के करीब बैठ कर,
चुपचाप चल दिये,
जीने को जिंदगी में
फक़त इक गज़ल रही।
खुद ढूंढ कर तुझे,
खुद को भी खो दिया,
हासिल ये ज़िन्दगी में,
गर्दे सफर रही।
होने को हो रही हैं
कब से मुहब्बतें,
चलने को साथ अपने,
दर्दे - जिग़र रही।
चेहरे मासूमियत से,
लबरेज थे कभी,
आंखें भी अश्कवार,

वीराँ हैं धड़कनें,
लो रफ्ता- रफ्ता ज़िन्दगी
क्या-क्या निगल गई।
उभरी किसी की याद
आँखें सजल हुई।

(व्याकुल)

बुझे बुझे अरमान

कुछ रास्ते वहीं खड़े,
कुछ रास्ते बदल गये
कुछ रास्ते लाचार थे
कुछ रास्ते निकल गये।
तीरे - नज़र के वास्ते
हम मुन्तज़िर रहे
कुछ दिल के पार हो गए,
कुछ सीधे निकल गये।
उस महज़बीं के वास्ते,
दुनिया उमड़ पड़ी,
उसने मुझे पुकारा,
तो चेहरे उतर गये
कहने को बड़ा खास रहा,
सफरे-हयात भी,
रुखसत के वक्त "व्याकुल"
अरमाँ मचल गये।
कुछ रास्ते वहीं खड़े
कुछ रास्ते बदल गए।

(व्याकुल)

कई सवालत

तुम तमन्ना हो,
आरज़ू हो,
या कि खुशबू हो?
हर घड़ी जिस्मो-जाँ,
में रहती हो।
लौट आओ वापिस,
हमारी दुनिया में,
गिले-शिकबे भी दूर कर लेंगे
पोशीदा रह कर भी
गुनगुनाती हो ।
न जाने किस जहां
में रहती हो।
फूल ही फूल, मधुर यादों के
भेजती हो मुझे,
कौन से गुलशन में ?
वहाँ रहती हो।
तुम संगीत हो पहाड़ों का
बेचैन दौड़ती नदिया हो,
पांव तेरे
नहीं टिकते देखे कभी,
हर वक्त झूमती सी रहती हो ।
तुम इलतज़ा हो कि
ख्वाहिश हो

याकि साज़िश हो किसी रकीब की
या कि कीर्तन हो नट भैरव का
हर घड़ी गुंजती सी रहती हो।
तुम तमन्ना हो,
आरज़ू हो,
याकि खुशबू हो ?
हर घड़ी ज़िस्मों-जाँ में रहती हो।

(व्याकुल)

फेसबुक

ये दुनिया बियाबान थी,
ग़र तू नहीं होती
यहां जीना भी घमासान था,
ग़र तू नहीं होती।
लिखा तो हर चेहरे पर
रहता है बहुत कुछ
पढ़ना किये आया, घर बैठे
ग़र तू नहीं होती।
सलीके दुनिया में जीने के
समझ आने लगे मुझको
मैं कैसे सीख पाता सब,
ग़र तू नहीं होती।
हुन्नर सारे बुलन्दी के
अब जलवा-फरोश मुमकिन हैं
नहीं हो पायेगा ऐसा,
ग़र तू नहीं होती।
नये सलीके प्यार के सीखूंगा
अब पल भर में

समझ आने लगा कुछ-कुछ,
ग़र तू नहीं होती।
ये दुनिया बियाबान थी
ग़र तू नहीं होती।

(व्याकुल)

एक शब्दचित्र

दोस्तों का,

अक्सर सवाल रहता है,

कैसी सेहत है?

क्या चल रहा है ?

उत्तर:-

कभी बी.पी. अकड़ता है,

कभी सुग़र मचलती है,

कभी आँखे हुई बोझिल,

कभी धड़कन उभरती है।

यदि घुटने संभलते हैं,

तो कन्धे उतरते हैं

नित दवाइयों का लेकर डोज,

निवालों को निगलते हैं।

दवाईयां खूब चलती हैं.

गरारे खूब होते हैं,

उम्मीदों के सहारे ही,

पिटारे उनकी यादों के, खूब ढोते हैं।

घरवाले:-

कभी काढ़ा पिलाते हैं,

कभी गोली खिलाते हैं।

लो जी आ गया नम्बर,

तभी बुस्टर लगाते हैं

अन्तिम

किसी की याद कर कर के

दीवाने रोज चलते हैं,

कभी रातों को जग-जग के,

गला तर खूब करते हैं (पानी से)

डराया जिसको जीवन भर, उसी से रोज़ डरते हैं

(व्याकुल)

अहसास

आपसे क्योंकर
मुहब्बत होने लगी?
जिन्दगी चुपचाप ही
रोने लगी।
ये मुहब्बत, ज़िन्दगी है
किसने कहा, क्यों कर कहा?
बोझ है ये, पीठ पर ढोने लगी।
दिल थक हार कर,
बेहाल हो निढाल है,
ज़िन्दगी खामोश हो,
सोने लगी, सोने लगी।
उनके हर पहलू में
उलफत का सफर कट जायेगा
पर हमारी ज़िन्दगी
देखो सब्र खोने लगी। खोने लगी।
जिसको बरसों से निभाया
प्यार से
वैसे रिश्ते से फिर
हाथ क्यों धोने लगी, हाथ क्यों धोने लगी।

(व्याकुल)

मोम

पत्थरों में रहा, उम्र भर,
मोम कैसे बन पाता?
दिल पर इतना बोझ
कैसे सह पाता ?
रास्ते सभी जिनपे चला
खूबसूरत थे सभी,
उनको देखे बिना
जिन्दा मैं कैसे रह पाता ?
जिग़र, ता ज़िन्दगी रहा सहता,
हसरतें बोझ हो जैसे,
शमा की तरह, हर रोज
कैसे जल पाता?
तपिश भारी सही
हालाते - जिन्दगी बदले नहीं हैं,
हूँ तो पत्थर मग़र
ऐसे हालात कहां सह पाता?
हूँ तो बैठा
उन्ही राहों पे, बेसबब,
तुम्हारे आसरे बिन,
व्याकुल कहा चल पाता?
पत्थरों में रहा उम्र भर
मोम कैसे बन पाता ?

(व्याकुल)

अदला-बदली

ये
मुश्किल आपकी कम है
अब हमारी हो गयी
हमारी हो गयी
जब से तुम्हारी याद की,
लम्बी बिमारी हो गयी,
लम्बी बीमारी हो गयी।
दिल ने पूछा,
ये बताओ क्या हुआ, कैसे हुआ?
मरीज़ से पतली
हालत तुम्हारी हो गयी।
हालत तुम्हारी हो गयी
तुझ को देखे
तो ज़माने हो गये
आपने देखा, तरेरी आंख भी,
मेरे लिये तो मेहरबानी गयी
मेहरबानी हो गयी
होटों से फूल झर के
बिखरी सुगन्धियां,

मेरे लिये तो ये भी जानम,
ज़हर-खुरानी हो गयी
ज़हर-खुरानी हो गयी।
वो सोचता है
परिन्दों को परवाज़ कौन देता है।
ज़मी पर रोज़ ही गिरना
आदत पुरानी हो गयी
आदत पुरानी हो गयी।

(व्याकुल)

प्रार्थना

दाता यानि प्रभु
दाता तेरी मेहर से,
होती रही बरक़त,
ऐसी ही मेहरबानियां
रखना बना के तू।
उठते रहें तूफान जो
रखना समेट कर
सारे जहां में प्यार भी
रखना बना के तू।
आती कभी मुसीबतें
तेरा दर ही आसरा,
दुनिया से मायूस भी रहा
इसे यानि दर को रखना खुला तू
तेरी इबादतों से,
मिला रास्ता मुझे,
रखना सदैव हाथ
सिर मे मेरे तू
ऐसी ही मेहरबानियां
रखना बना के तू

(व्याकुल)

कटु अनुभव

मैं बिना दूध की
चाय पीता हूँ, बहुत पीता हूँ ।
थैलियाँ दूध की तो यार
बहुत महंगी हैं।
बोलना छोड़ दो,
ऐसे तमाम लोगों से
जिनकी बातों का भाव बहुत ऊँचा है।
ज़िन्दगी छोड़ कर जायें
तो कहां जायेंगे ?
सुना है, नरक में भी
रिश्वत का बोलवाला है।
एक दिन :-
दिल को पूछ डाला,
नींदें चुराने का मतलब?
सांस ने उखड़ कर
बेखौफ टिप्पणी कर दी
बोली:-
इश्क की तू बात न कर,
बेमौत मारा जायेगा,
वो दुनिया कहीं और बसी होगी
जिसकी तू बात करता है।

(व्याकुल)

भीड़ में आदमी

किसी की आस में
दूर या पास में
वे-आस हो के जीता है
वो केवल ज़िन्दा है,
बस सांस लेकर जीता है ।
पढ़ लिये फलसफे तमाम,
सब कुछ लुटा दिया,
फूलों की रंग-ओ-बू क़तरा क़तरा,
ग़म के जाम पर जाम
पी कर जीता है।
वो आसमाँ को
देख कर,
सहारा है ढूँढता
हर रोज़ जख्मों को सहला कर जीता है।
बहते हुये दरिया को
पास देख कर, माँगे रवानगी
पतवार लिये हाथों में
अश्कों को रोज़ पीता है।
किसी की आस में
बे- आस हो कर जीता है,
भीड़ में खोया
सा इक आदमी
बस साँस लेकर जीता है।

(व्याकुल)

दिल की बात

सोच ये है कि,
कुछ लोगों को
भूला दिया जाये
बाकी जो बच गये,
उन्हें खिला-पिला दिया जाये।
हकूमतें ऐसी-
जमने लगी बर्फ की तरह,
क्यों न उनको थोड़ा ही सही,
हिला दिया जाये।
बागवां ने बड़ी मेहनत की
बनाया इसको,
आयें गुलशन के फूलों को
याद दिलाया जाये।
जब आसमान पर हो,
अन्धेरों का कहर,
क्यों न कुछ
चान्द - सितारों को बुला लिया जाये।
अपनी सोच का मुज़ाहिरा है,
क्यों न बेजान से
मुद्दों के उठा दिया जाये।
कौन दुनिया में, यार अपना है?
दिले-नादाँ को कौन समझाये ?
मशबरा एक बिना माँगे,

सबको दे दिया जाये।
आप भी सोचते
यही है अग़र ऐसा
क्यों न एक कप
कड़क चाय हो जाये।
सोच ये है कि,
लोगों को भुला दिया जाये,
या कि,
उनको उनको कुछ खिला-पिला दिया जाये।

(व्याकुल)

सुखद परिवर्तन

आयें उमड़ते बादल देखें
मौसम में बदलाव हुआ है।

उफनते बादलों के झुरमुट में
फिर से बचपन तलाश करना है

भूल कर रंजो गम जमाने के
एक नग़मा तलाश करना है।

सब हो सियासती या,
विरासती हुये

दिल का अफसाना,
कहां बयान करना है।

इक आरज़ू को लेकर
पहुंचे कहीं नहीं,

आशिक ज़माना हो गया
मुझको तो यहीं मरना है।

तुम्हारे ही इशारे पर
रहमत खुदा भी करता है
तुम्हारा नाम लेकर ही
मुझको खुदा से लड़ना है।

तुम्हारी आशिकी के जाम पिये
झूम लिये मखमूर हो लिये,
मुझे हर अहदे-वफा
मयखाने में करना है।

उफनते बादलों के झुरमुट में
बचपन तलाश करना है,
एक नगमा तलाश करना है।

(व्याकुल)

इल्म

दिल का कोई दर्द
आंखो में उतर आया है,
हकीम ने ऐलानिया कह डाला,
तेरी आंखो में काला मोतिया उतर आया है।

मैं बड़ा खुश था,
दर्दे दिल तो होगा अपना साथी,
खूब गुजरेगी, मिल बैठेंगे दीवाने बन कर,
हकीम खड़ूस है, दुश्मनी पर उतर आया है।

दिल के रोगी को,
सरे-आम देखो लूट लिया,
गीत गाता हुआ
नगमा भी चला आया है।

जो दोस्त मुझको
मिटाने की बात करते थे,
हमने उनसे ही, मुस्कुराने का इल्म पाया है।

माना बुलन्द हौसलों की
उड़ान है कठिन
उड़ते हुए, मंजिल का
मील पत्थर तो नज़र आया है।

(व्याकुल)

यादें जरुर रख

होटों की आरज़ू रही,
नगमों को गायेंगे,
होने को कुछ न हो सका,
यादें जरुर रख।

उड़ने को आसमान है,
धरती पर कुछ नहीं,
चलना तो ज़िन्दगी है
ठोकर ज़रुर रख।

रखो बुलन्द हौसले,
उड़ान है कठिन,
फिर भी कहा गया,
सामने मंजिल जरुर रख।

लोगों ने मुझ गरीब को
तोड़ा है बेपनाह,
लम्बे सफर के वास्ते,
दिलवर जरुर रख।

आया जो इस जहान में
अकेला ही जायेगा,
अपनी नज़र में मंजिलें,
हिम्मत जरुर रख।

(व्याकुल)

भटकाव

आसमान से गिर कर
कहां पर अटका है?
खजूर कट गये
कोठियां बनाने को,
तू नाहक फिजूल भटका है।

आसमान से गिर कर
कहां पर अटका है

उतर आ नीचे
कुछ नहीं होगा तुझे,

तुम्हारे दिल में बसा
घरवाली का कोई खटका है

आसमान से गिर कर
कहां पर अटका है

हुस्न की बातें
सारे जहाँ में होती हैं
झटक के फेंक दे,
तेरे गले में जो पटका है ।

आसमान से गिर कर
कहां पर अटका है

उठा है ज़िन्दगी में वो ही
निडर हो कर गिराई सरकारें,
आईना देख गौर से
मुँह तेरा आज लटका है।

आसमान से गिर कर
कहां पर अटका है

भटक भटक कर क्यों
ज़िन्दगी बिताता है,
कन्हैया बन जा तू भी,
खा ले, रखा है वो दूध, मलाई का भरा मटका है।
आसमान से गिरकर
कहाँ पर अटका है ?

आसमान से गिर कर
कहां पर अटका है

ज़मी पर आ गिरेंगे सारे
सात आसमानों से,
जिन्होंने जान बूझ कर
तुमको यहाँ पे पटका है

आसमान से गिर कर
कहां पर अटका है?

(व्याकुल)

इधर-उधर की

करते रहेंगे हम भी
वादा – खिलाफियाँ,
ये फैसला लिया है,
वादिये- कश्मीर देख कर ।

हम भी बनेंगे लीडर
कुछ कर के दिखायेंगे,
रटने लगा हूँ मैनीफेस्टो
सब काम छोड़ कर ।

"चलने लगी हवायें
अब मेरे पक्ष में,
हमने भी ए० सी० बन्द कर
पंखे चला दिये।

उड़ने लगा हवा में,
जब से लीडर हूँ बन गया,
घर – बार सारे बेच कर,
पागल सा हो गया।

खायेंगे चिकनी चुपड़ियां,
दो चार दिन सही,
कुछ भी तो परमानेंट कहाँ
धूप की तरह।

वो देख सारे ढोर यानि (पालतू जानवर)
एक ही बाड़े में मिल गये,
ले लेना सबके फोटो,
आराम से कभी।

होने लगी तरक्क्यिां,
अखबारों ने लिख दिया,
इससे बड़ा प्रमाण,
क्या चाहिए तुम्हें।

हैं नीतियों से बेखबर,
करते हैं "पालिटिक्स"
पहले दिये थे गालियां,
अब मददगार है।

वादे-सबा धूप से टकरा कर
खामोश निकल जाती है,
सच से यकीन मान
तेरी याद बहुत आती है।

(व्याकुल)

कृपया माइन्ड न करें

माइन्ड को रखो
बाहर निकालकर,
ये बहुत माइन्ड कर रहा है।
तरक्की की राह रोक कर

हमका बीहाइन्ड कर रहा है।
मत सुनो उन रहनुमाओं की हुजूर
वादों की चकाचौंध में
सबको ब्लाइन्ड कर रहा है।

अपने तो वारे-न्यारे
चारों तरफ से हैं,
मूर्ख और भोली-भाली
जनता को ग्राइन्ड कर रहा है।

इनकी पढ़ाई और है,
सेवा की आड़ में,
वो देख हुआ मोटा,
हरी – हरी घास चर रहा है।

(व्याकुल)

राहत की सांस

जब भी मैं तेरी

याद से आजाद हुआ हूँ,
सच मान तू, यकीन कर,
आबाद हुआ हूँ।

जब भी मैं तेरी
याद से आजाद हुआ हूँ,

तुमने तो दिल को
तोड़-तोड़ कर,
कचूमर बना दिया,
अब छोड़ दिया जबसे दिलशाद हुआ हूँ।

जब भी मैं तेरी
याद से आजाद हुआ हूँ,

नाहक थे तेरे चोंचले,
नखरे भी बहुत थे
जिनको मैं सच्ची मान,
बहुत बरबाद हुआ हूँ

टाँगो में आई ताकत
बैंटिंग भी चल पड़ी,
अरसे के बाद
अब कहीं नाबाद हुआ हूँ।

तेरी तसल्लियों से मैं,
मर-मर के जी लिया,
उलटा लटक, लटक कर भी
सीधा सपाट रहा हूँ।

जब भी मैं तेरी याद से,
आजाद हुआ हूँ।
सच मान तू यकीन कर
आबाद हुआ हूँ।

(व्याकुल)

भक्ति मार्ग

यही है रास्ता सच्चा,
यही है रास्ता अच्छा,
लोग अक्सर
ये भूल जाते हैं।

जीकर के पूरी ज़िन्दगी
बस चार दिन की
इसे बताते हैं।

ज़माना आजकल
उनके ही गीत गाता है।
जो अक्सर झूम कर,
या घूम कर, फिर से लौट आते हैं।

ज़माना उस तरफ होगा,
जहाँ पर आसरा होगा,
हम तो बे-आसरा होकर,
वहाँ से लौट आते हैं।

किसी की मीठी – मीठी बातों से ,
मुत्तासिर हो गये जो भी
यहीं पर हो गई गड़बड़
यहीं पर मार खाते हैं।

(व्याकुल)

प्रवासी पंछी

वो आये दूर मुलकों से,
फ़िज़ा में प्यार करते हैं
नहीं मिलती मुहब्बत जो,
परिन्दे लौट जाते हैं

(व्याकुल)
क्या करें उनका,
जो वादा भूल जाते हैं,
नसीहत कोई दे डालो तो??
औकात अपनी पे उतर आते हैं।

प्रभु का नाम सच्चा है,
वे अक्सर भूल जाते हैं।

(व्याकुल)

नये तजुरबे New Experience

गज़ब की नाजनीन थी
सिमटी बगल में बैठ गयी,
खामोशी से पिराई खुश्बू में लेकर,
बगल में बैठ गई ।

अचम्भे से उधर देखा,
तो गुनगुनाने,
इशारों से कहा, चुप कर,
सिरहाने मेरे बैठ गई।
ग़ज़ब की नाजनीन थी।

समन्दर से निकल आयी,
परियों की रानी वो,
किताबो में पढ़ी जो बचपन में,
तिलस्मी सी कहानी वो।

परों से उड़ने लगी वो
अचानक बैठ जाती थी,
हवा के इशारे पर,
कभी आंखें मिलाती है।

कभी खामोश हो कर,
फिर नगमें सुनाती वो,

ये कविता इक कहानी है,
जो अक्सर याद आती है।

ग़ज़ब की नाज़नीं थी,
बगल में बैठ गई।

(व्याकुल)

अपना स्टाईल

जीने को जिन्दगी का
अपना स्टाइल हो,
दिल जार-जार रोये,
मुंह पर स्माईल है।

जम जम के बरसते रात दिन,
बादल निकल गये,
चमकेगी फिर से धूप
ये मेरा ख्याल है।

जीने को जिन्दगी का
अपना स्टाइल हो,

जो साथ चल रहे थे
यादों के सिलसिले,
लम्हों में हुए ओझल
ये भी मलाल है।

जीने को जिन्दगी का
अपना स्टाइल हो,

शायद कभी थे फूल,
अब खार हो गये,
उनकी नज़र में 'व्याकुल'
हम बेकार हो गये।

फिर भी
जीने को जिन्दगी का
अपना स्टाइल है,
दिल जार-जार रोये,
मुँह पर स्माईल है।

(व्याकुल)

राजनैतिक रक्षाबन्धन

दीदी के घर जाओ बबुआ,
राखी वहीं बन्धवाओ रे।
नीतू भईया भाग गये,
हम मन को क्या समझायें रे।

रंगत बदली मौसम की
अब सावन को क्या समझायें रे।

जिसको देखो भाग रहा है,
पिछले कल जो जालसाज़ थे
गले मिले तो हो गये 'सुच्चे' यानि पवित्र
सच्चाई किसे सुनाये रे।

सच्चाई की किसे जरुरत
कुर्सी प्यारी-प्यारी है।
जन सेवा का करो दिखावा,
उसको कौन भुलाये रे।

अपना मुल्क त्योहारों वाला,
नित नित नया मनाओ रे।
जन सेवा का संकल्प न भूलो,
फिर नई जुगत भिड़ाओं रे।

दीदी के घर जाओ बबुआ,
राखी वहीं बन्धवाओ रे।

(व्याकुल)

निखर जाता हूँ

कई बार तुमसे मिलकर,
बदल जाता हूँ।
खयाल करके तुम्हारा
मैं निखर जाता हूँ।

महज आँख मिलाने से कहां,
निभती है दोस्ती?
लगा सीने से उम्र भर को,
तो ठहर जाता हूँ।

दिल की हथेलियों पर
लकीरों को पढ़ के देख,
ये आदमी जिन्दा नहीं रह सकता,
तेरे बगैर आखिरी सांस है इसकी, मैं निकल जाता हूँ।

जिसने लगाई आग,
चलके दूर हो गया,
करके इशारा हाथ से
देख, निकल जाता हूँ।

दिलों की रोशनी से
हर सफर सुहाना है,
सफर पूरा हुआ
मील पत्थर सा नज़र आता हूँ।

(व्याकुल)

यूँ कर लेंगे

चलो हम याद करके
ज़िन्दगी को जी लेंगे।
उधड़े जख्मों को रोज
सी लेंगे।

कौन बेखबर चाहे कितना हो,
छुपा कर घूँट कड़वे
बज़्म में पी लेंगे।

हम रहे अनजान उनकी नफरत से,
फिर भी उन्हीं का नाम
जुबां पे रख लेंगे।

वो साये यादों के तेरी
कहाँ मिटते हैं?
वक्त की दौड़ में
परछाईयां पकड़ लेंगे।

आओ उस दौर की यादों को,
फिर से गाते हैं।
बना कर गीत फिर उनको
लबों पर रख लेंगे।

काश हो जाये हम पर भी जादू ऐसा,
दल-बदल कर, बात कर लेंगे।

इश्क पर ज़ोर गालिब का भी
नहीं चल पया,
हमने सोचा है
हम भी वही कर लेंगे।

(व्याकुल)

नये नकोर दोहे

प्यार मुहब्बत, नौकरी,
मिले न बारम्बार,
जैसी जिसकी नीयत हो
वैसा कारोबार।

भगवन तू आकाश में
रखे सबका ध्यान,
वो देता चुपचाप से
मानो जी उपकार।

वोट न मांगे राम जी,
वोट न मांगे श्याम,
कोई न खोटा काम कर,
जो जीना करे हराम।

टिकटें बटती देखकर,
मन को मत ललचा,
अपने घर को छोड़कर
दूजे घर मत जा।

चल व्याकुल उस शहर में,
"हिरख" ईर्षा, जलन न हो,
राम भजन कर सौ गुणा,
धीरज धर्म न खो।

(व्याकुल)

बातें आजकल की

जीने का एक यह भी,
फलसफा मिला मुझको,
बाद मरने के,
अफसोस बहुत करना है।

इजहारे-मुहब्बत का
इक ये भी तमाशा है,
हर रोज़ नया वादा,
हर दिन उदास है।

इकरार करके भूलना
अब हद से पार है,
हर रोज तेरा मुंतजिर,
हर दिन उदास है।

समझा था जिन्दगी को
गोला बर्फ का है,
डालूँगा चाशनी में
पी जाऊँ घोल कर।

मौसम बदल रहा है,
अपने हिसाब से,
हम देखते हैं मौसम,
अपने हिसाब से।

हम सोचते हैं अपने हिसाब से
अरे, उसकी भी बात सुन लो,
उसके हिसाब से?

(व्याकुल)

आरज़ू

लफ्जों की आरज़ू थी,
इक गज़ल बना सकूँ,
ऐहसास की कमी रही,
ऐसा न हो सका।

कुछ देर आओ बैठें,
तारों की छाँव में,
था बादलों का जमघट,
वैसा न हो सका।

लफ्जों की आरज़ू थी,
इक गज़ल बन सकूँ,

छाँव का एक टुकड़ा
मौसम बदल गया,
आया हवा का झोंका
सब कुछ बिखर गया।

लफ्जों की आरज़ू थी,
इक गज़ल बना सकूँ,

दिल से निकल के सरगम,
होठों पे आ गई,
गाने लगा जो उसको
आरोह फिसल गया।

लफ्जों की आरज़ू थी,
इक गज़ल बना सकूँ,

हर रात लेकर सपने
कौने में रख दिये,
किस्मत का खेल देखिये,
भोर का तारा निकल गया।

लफ्जों की आरज़ू थी,
इक गज़ल बना सकूँ,

हर आरे चकाचौंध है
तमाशे बहुत हुये,
ये जिन्दगी है सरकस,
मंजर (तमाशा) बदल गया।

लफ़्जों की आरज़ू मेरी
रखी ही रह गयी
ऐहसास सब बिखर गये,
मैं खाली सा हो गया।

लफ्जों की आरज़ू थी,
इक गज़ल बना सकूँ,

ऐसा न हो सका।

(व्याकुल)

शैतानी सुर्खियाँ

समस्या अभी पंहुची नही
निदान आ गया।
पंहुचा नहीं रोकड़ा मेरे अकाउन्ट में,
सांसों का बिल अदा करो,
भुगतान आ गया।

उठने को अभी बेसबब,
लहरें तैयार थीं
लो देखते ही देखते,
तूफान आ गया।

बेबस हुये हालात में
जंगजू (शूरबीर) भी क्या करे,
बैठे रहे आराम से
घर से पैगाम आ गया।

होती थी धूमधाम से
पहले कुटाईयाँ,
किताबों की लेन-देन में
ऑनलाइन, सीधे घर में
इम्तिहान आ गया।

जब- जब मिले सर्पोटर,
तुम जीत जाओगे, तुम जीत जाओगे,
तब – तब मिली सूचना,

रोकड़ा शैतान खा गया।
रोकड़ा शैतान खा गया।

(व्याकुल)

एक विचार

फिजूल की धूल को कपड़ों पे लिये फिरते हो,
अब इसे झाड़ दो,
पत्थर पर किनारे रख दो।

आओ बैठो किसी कन्दील को,
रोशन कर दो,
छुपे गमगीन लम्हों को
भीतर से बाहर कर दो।

फिजूल की धूल को कपड़ों पे लिये फिरते हो,

बहुत सी रोशनी अब भी
बची जो भीतर अपने,
उसे महफ़ूज़ रख नांदाँ
सिरहाने रख लो।

फिजूल की धूल को कपड़ों पे लिये फिरते हो,

आसमां देख कर खाली
क्यों है तू ग़मगीन हुआ
ये, हवा, चान्द सितारे, बगीचे फूलों के।
उन्हें दिल की तिजोरी में अभी बन्द कर दो बन्द कर दो।

फिजूल की धूल को
कपड़ों पे लिये फिरते हो
सब की सब झाड़ दो
किसी पत्थर पर किनारे रख दो।

(व्याकुल)

हालात

अब कोई नुक्सान हो,
या हो जायें नफे,
मुझको इलैक्शन लड़ना ही है
हर हाल इस दफे।

सूखे टुकड़े मिल रहे,
मंहगाई झेल कर,
हलवा माँडा मुझको भी,
खाना है इस दफे,

मुल्क के निर्माण में दूँ मैं योगदान,
मेरी अपार इच्छा पूरी करो इस दफे।

दिल में उछाल मारती जन सेवा की तड़प है,
बन जायें कुछ फ्लैट, तिजोरी भी भरुं इस दफे।

मेरा है प्यार आपसे
सच्चा है इस दफे,
वरना मैं फंदा चूम, फसाऊंगा इस दफे।

बस एक ही तमन्ना, बस एक ही लग्न,
मुझको भी जिताओ बांगरु जिता डालो इस दफे।
मुझको इलैक्शन लड़ना ही है हर हाल इस दफे।

(व्याकुल)

यह रचना वास्तविक घटना पर आधारित है

सफर जारी है

समस्याओं से उलझ़ना
सफर में जारी है।
दिल का टूटना या रुठना,
सफर में जारी है।

हार जाना मेरी आदत नहीं, ओ नाखुदा,
साहिलों से दूर रहना,
सफर में जारी है।
जिसने बेवफा होकर बनाई दूरियाँ,
उनसे फिर मिलना सफर में जारी है।
वक्त की गर्दिश को लेकर क्या करें?
ऐसे गमें हालात से रुबरु होना सफर में जारी है।

बादलों से उलझना उलझना
वाज़िब नहीं किसी सूरत,
फिर भी बारिश का बरसना,
सफर में जारी है।

समस्याओं से उलझना
सफर में जारी है।
साहिलों से दूर रहना
सफर में जारी है।

(व्याकुल)

जीना उधार है

होंटो पे रख कर बांसुरी
कान्हा जी आ गये,
राधा की बेबसी का
किसको ख्याल है?

रंगों का खिलखिलाना
सदियों से चल रहा,
राधा के मन को पूछ,
उसका क्या हाल है।

लहरों ने समझ बूझ कर
साहिल को छू लिया,
तूफाँ की जिन्दगी में,
उठना शुमार है।

बस पलक झपकते हुये,
जीवन बदल गया,
सांसे तो नकद ही सही,
जीना उधार है।

मुंह फेरकर निकल गये,
अपने जो खास थे,

कहने को मेरे दोस्त,
यहां बेशुमार हैं।

राधा की बेबसी का
किसको ख़याल है?

(व्याकुल)

ख़ुदा

अजब बातें हैं अब तेरी,
अजब किरदार है तेरा,
तू देता सबकुछ अमीरों को
ग़ज़ब करतार है मेरा।

भुलाकर जब खिलौंनो को,
मैं दुनियां देखना चाहूँ,
वो फिर करता है मन मानी,
जो वो हर बार करता है।

ग़ज़ब करती हैं तस्बीहें (मालाजाप)
तुम्हारा नाम जपता हूँ,
सनम बैठा है रुठा सा
ये क्या करतार करता है।

करवाता युद्ध वो सारे,
निभाता दोस्ताने भी,
छीन कर लफ्ज़ मुंह से भी,
वो भी दुनियां से डरता है।

"इन्सां की साज़िशों से मौसम बदल गये।
मौसम बहार का था, वो दिन निकल गये"

(व्याकुल)

सफर

कुछ दिवारों को इधर से उधर कर गया,
अश्क आँखों को मेरी नज़र कर गया।
दिल तड़पता रहा
अजनबी शहर में,
दिल में उठता धुँआं,
सबको खबर कर गया।

कुछ दिवारों को इधर से उधर कर गया,
अश्क आँखों को मेरी नज़र कर गया।

हौसले टूट कर
मर मिट गये,
दिल भी टूटा था लेकिन
सबर कर गया।

कुछ दिवारों को इधर से उधर कर गया,
अश्क आँखों को मेरी नज़र कर गया।

नींद उड़ती रही
बेबसी झेल कर,
हो कर व्याकुल भी
व्याकुल सफर कर गया।

कुछ दिवारों को इधर से उधर कर गया,
अश्क आँखों को मेरी नज़र कर गया।

(व्याकुल)

बॉस बना फिरता है

आजकल झूठ ही,
सच्चाई बना फिरता है।
बबंडर धूल का
बादल बना फिरता है।

रोशनी छोड़कर
गहरे में छुप गया सूरज,
अब अन्धेरा ही बॉस बना फिरता है।

बराये नाम ही
जीते हैं जिन्दगी अपनी,
फिजूल आस लिये,
व्याकुल सा बना फिरता है।

कौन सा दिन
राशि में ठीक बैठेगा,
बस यही सोच है,
उठता है रोज, पर्दा भी रोज़ गिरता है।

(व्याकुल)

अजीब मसला

इल्तज़ा आपसे कर के,
मुसीबत मोल ली मैनें,
छुड़ाऊ कैसे दामन को
ये मसला हो गया पैदा।

ये लिखना भी मुसीबत है,
हकीकत जान ली मैनें,
कहाँ जाऊँ मैं छपवाने?
ये मसला हो गया पैदा।

उस्तादों की इबादत की
विचारों को शक्ल दे दी,
सुनाऊँ किसको घर जा कर,
ये मसला हो गया पैदा।

न लेखक ही बनूंगा मैं,
न खबरची ही लगे अच्छे,
न शायर ही पसन्दीदा,
ये मसला हो गया पैदा।

नवेला समझ कर मुझको,
सभी मुझको निभाते हैं,

पुरानों को बुला पहले
मुसीबत मान कर मुझको, सभी आंखे चुराते हैं।

कहाँ जाऊँ, कहाँ जाऊँ,
ये मसला हो गया पैदा।

(व्याकुल)

दीवाली है

चाहा उन्हें उम्मीद से, गुनहगार हम हुये,
कातिल थी जिनकी आँखे, उन्हें माफ कर दिया।

दोस्ती करके खूब पछताये
अपने हिस्से में अब कंगाली है।
आपकी हर अदा निराली,
मैंने कब से ये देखी भाली है।

दिल ने समझा ये भी अच्छा है,
मेरे नजदीक के घर में हुई दीवाली है।

उनका दिल आशिकी से महका रहे, महका रहे,
अपना दिल कल भी व्याकुल था, वो आज तलक खाली है।

निकाह, शादी, सात फेरे हों फिर तलाक हो जाना,
ये नई ग़जल नहीं, ये झूमती कव्वाली है।
आपकी हर अदा निराली है।

(व्याकुल)

एक सच्चाई

चुभते सिर्फ वहीं काँटे हैं,
जो हमने दूसरों को बाँटे हैं।
अन्यथा जिन्दगी गुलदस्ता है, रंग बिरंगे फूलों का,
जो हमने खूब छांटे हैं।

इस हवा से सवाल मत करना,
ये मचल मचल कर लौट आती है।
उनकी बातें मुझे सुना कर के,
मेरी बातें उसे सुनाती है।

उसकी यादों में बसी मदहोशी,
पिला कर जाम शबो-रोज उल्फत का
पाँव अपने भी ,
रोज़ डगमगाती है।

इस हवा से सवाल मत करना,
मचल मचल कर हयात लाती है।
उनकी बातें मुझे सुना करके,
उनकी बातें मुझे सुनाती है।

(व्याकुल)

विश्व बहरापन दिवस

अन्धों की मजलिसों में
बहरा खामोश है।
आलम है दहशतों का
बहरों को होश है।

अन्धों की मजलिसों में
बहरा खामोश है।

रुक रुक के जिन्दगानियां,
किस ओर चल पड़ी,
इन्सानियत बिखर गई
क़दमों में जोश है।

ऊंचे मुकाम छू लिये
पाताल ढूंढ कर,
बहरों को दिख रहा है
लहरों में रोष है।

अन्धों की मजलिसों में
बहरा खामोश है।

इन्सानियत भुला कर
हैवान बन गया,
आँखे क्यों कह रही हैं?
रस्तों में दोष है।

हर ओर महायुद्ध का
उठता धुआं तो देख,
अपने ही बने कातिल,
ये कैसा पड़ोस है?
अन्धों की मजलिसों में
बहरा खामोश है।

(व्याकुल)

उठते रहे तूफान

कुछ लोग जिन्दगी में
यूं दर्ज़ हो गये
करते निदान रोग का
खुद मर्ज हो गये।

ऐसे भी शख्स सुन लिये
मजबूत रहे जो,
ढोते दुखों का बोझ
खुद कर्ज़ हो गये।

कुछ लोग जिन्दगी में
यूं दर्ज़ हो गये
लुटती रही तसल्लियां उठते रहे तूफान,
ज़िन्दा बचे हैं कैसे?
अचरज से हो गये।
कुछ लोग जिन्दगी में
यूं दर्ज़ हो गये

होटों को सिल के देखा
दुनियां भी छोड़ दी।
फिर भी लगी जो तोहमतें,
फिर निधड़क हो गये।
कुछ लोग जिन्दगी में
यूं दर्ज़ हो गये।

(व्याकुल)

नये पड़ाव

ज़माने भर से अब कोई
शिकवा नहीं मुझको,
हमारी ज़िन्दगी ने खुद ही
हमें लफ्ड़ा बताया है।

लुटाया प्यार जी भर के,
मिटा दी ज़िन्दगानी भी,
शिकायत अब करुं किससे?
हमें फफड़ा यानि (झूठा) बताया है।

जो हमनें उसकी यादों में
सैकड़ों गीत गा डाले,
मुत्तासिर यानि 'प्रभावित' फिर भी नहीं होती
'डायनासोर का जबड़ा मुझको बताया है।

उठाओ टोकरा तशरीफ का
गैट आउट हो जाओ
खिलाऊं रोटियां दिन भर
ऐसा क्या? तुमने कमाया है।

उठा कर इश्क का बोझा
चलता रहा व्याकुल,
रुलाई आ गयी भारी,
हमें तपड़ा बताया है।

जमाने भर में अब कोई
शिकवा नहीं मुझको
हमारी जिन्दगी ने खुद ही
हमें लफड़ा बताया है।

(व्याकुल)

डर लगता है

ज़िन्दगी की हक़ीक़तों का अपना ही मंजर है,
बताओ किसी को,
वो अपनी ही मान लेता है।

दिखाओ नब्ज़ किसी
हकीम खाने में,
वो और ही किसी मर्ज को
जलदी से पकड़ लेता है।

भली लगती है, बरसात के मौसम में,
रंगीन छतरियाँ,
मन मयूर हो अग़र,
बिना बारिश के भी तान लेता है।

जब किसी ग़म को झेलो,
तो याद कर लेना,
याद करना भी
कई मर्तबा आराम देता है।

कोई माहौल ऐसा बन सके,
बना लेना हुज़ूर,
आपके प्यार के नग्मों को
ऊँची उड़ान देता है।

रुठ कर ज़िन्दगी,
रुक सी जाती है,
खुली हवा का झोंका,
नया ही पैगाम देता है।

(व्याकुल)

शिकवा

आपके कहने पर रुका था,
तमाशा मैं देखने,
मुझको पता नहीं चला,
खुद तमाशा बन गया।

हम खुद ही अपने आप से,
ऐसे उलझ गये,
अपनों से प्यार करना,
इक ख्वाब बन गया।

अपने शहर की शाम को
समझने में देर की,
सच्ची कही जो बात,
अफसाना बन गया।

रखना पड़ेगा रोज ही
अब तो यही ख्याल,
अपना समझ कर
देख ले जंजाल बन गया।

हम लोग चल रहे हैं,
देखो ज़मीन पर,
हकीकत से जुड़ो 'व्याकुल'
फंतासी से जो जुड़ा, वो बेताल बन गया।

(व्याकुल)

सलीब से वास्ता

देखी हजार सूरतें,
हो कर करीब से,
कोई तो बात करती
आ कर गरीब से।

शराफत के ढोल पीटते,
उस ओर चल दिये,
कोई तो बात करती,
मुझ जैसे शरीफ से।

कोई तो बात करती,
मुझ जैसे गरीब से।

सावन के आगमन से,
हरे हो गये हैं ठूँठ,
हमको भी आस हो गयी,
मौसमें खरीफ से,

कोई तो बात करती,
मुझ जैसे शरीफ से।

सब कुछ निसार तुम पर,
हम करके जायेंगे,
नापेंगे हर खुशी को,
हम अपनी ज़रीब से।

अब न फेर बदल, न होगा करार ही,
अपना रहा है
वास्ता बिलकुल सलीब से।
कोई तो बात करती,
आकर गरीब से।

(व्याकुल)

पलट गया

जीने लगे हैं,
आपकी इक आरज़ू के लिये,
दिल की इस वारदात से,
वारंट कट गया।

सावन की लगी झड़ियाँ
दिल बाग बाग था,
हम झूमने लगे ही थे,
लो बादल ही फट गया।

लेटा रहा मैं ओढ़ कर
दिल की रजाइयां,
मैं सोचता ही रह गया,
ये..... वारंट कट गया।

सूरज को ढूंढते रहे,
ता-ज़िन्दगी सभी,
परिणाम खोजते रहे सुखद,
वो भी उलट गया।

तन्त्र में लोक आ गया,
करिश्मा उसी का है,
जो बन्दा मेरा खास था,
वो भी पलट गया,
वो भी पलट गया।

जीने लगे थे आपकी
इक आरज़ू लिये,
दिल की इस वारदात से
वारंट कट गया।

(व्याकुल)

जमहाईयाँ

न दिल उदास होगा
न आंसू बहेंगे,
अपने करीब रख लियो,
खुले मुँह जम्हाईयां।

न दिल उदास होगा
न आंसू बहेंगे,

चेहरा भी खिल उठेगा,
मेकअप भी क्यों करो,
रुक रुक ले लिया करो,
लवली जम्हाईयाँ

दिल के करीब
क्यों बसें,
बेकार से ख्याल,
रखो हमेशा पास, बिना खर्चे जम्हाईयां।

सुनने को सबको चाहिए,
ग़ज़ले पियार की,
फिर भी पसन्द आ गयी,
मेरी लिखी रुबाइयाँ,

न दिल दिल उदास होगा
न आंसू बहेंगे,
अपने करीब रख लियो,
खुले मुंह जम्हाईयां।

(व्याकुल)

आधुनिक दोहावली

जात पूछे, पूछे सब कोई
जो भूले हरिनाम को,
उस मानुष को पूजे हर कोई।

जो पढ़ेगा, आगे बढ़ेगा
हमको ये थी सीख,
जम के चली सिफारिशें
अब मांगो भईया भीख।

काठा यानि सख्त खाया तो
दंद यानि दाँत गये
दारु पी के होश,
बुडकाँ मारी मार पड़ी
दस यानि बता मेरा क्या दोष।

व्याकुल धागा प्रेम का
झट तोड़ा चटकाये,
रिश्ते नाते दूर रख,
भले धूल पड़ जाये।

होने लगे ये जंग क्यों?
रोके नहीं गये?
किसने पढ़ाया फलसफा,
किसकी किताब से ?

(व्याकुल)

आया ये सन्देश

क्या चल रहा है?
अपुन का गुजारा भन्ते,
काढ़े से चल रहा है।

ये सब को मार देगा, भन्ते,

न्यूज़ चैनल मचल रहा है
क्या चल रहा है? ये चल रहा है।

डेली ग्राफ इसका उपर को चढ़ रहा है।
कभी नीचे उतर रहा है।
क्या खास चल रहा है?

सदियों से चल रहा है।
इस दिल का क्या करुँ? जो,
बल्लियों उछल रहा है।

बूस्टर से नहीं मिला तो,
दिल बहुत डर रहा है।
गिन गिन के रोज "हैं की"
जेबों में भर रहा है।

(व्याकुल)

नया अनुभव

घूरता है हर लम्हा मुझे
मील के पत्थर की तरह।
रिश्तों को ढो रहा हूँ,
तीर तरकश की तरह।

दिल में बसी जो सूरत,
उभरती है रोज़ ही,
बसन्त में भटके हुए बादल की तरह।

टुकड़ों में बटी ज़िन्दगी
खुशियाँ सभी बेमानी है।
मिलते बेशक रोज़
लटके हुए चेहरे की तरह।

सभी मशरुफ हैं,
अपने-अपने जीने में
तू ढूंढता है फिर भी,
माँ की हिफाज़त की तरह।

रख दो उनके सामने
अपनी शिकायतें,
निपटा दिया तुरन्त ही
सरकारी शिकायत की तरह।

घूरता है हर लम्हा,
मील के पत्थर की तरह।
रिश्तों को ढो रहा हूँ,
तीर तरकश की तरह।

(व्याकुल)

कुण्डलियां

जाओ जिसको पूछ लो,
कैसे मिलती जीत,
सीधे से जो न मिले,
करो काम विपरीत।

आंखों में सपने लिये
मत रखो तुम आस,
रखो जेब में रोकड़ा
तभी बनेगी बात।

दिन बीते रातें हुई
सब कुछ उसके (भगवान) के हाथ,
प्रभु सिमरन को याद रख
वही रहेगा साथ।

बात-बात में चौधरें,
करो न ऐसी बात
सबसे मिलिये प्रेम से,
तब लोग मिलायें हाथ।

फागुन आ भी जायेगा,
जब अपनों के पास,
रंगों की पिचकारियां,
खूब भरे उल्लास।

व्याकुल अब रोता नहीं
समझों इसका राज़,
देख कर चुप रहना सीख लो,
फिर काटो आलू-प्याज।

प्यार, मुहब्बत दोस्ती,
हरे सभी की व्याधि,
स्वांग करो किसी साध का,
ले लो गहन समाधि।

चेले चांटे रख लियो
करो खूब प्रचार,
आभा खूब बिखेर कर,
करो खूब व्यापार।

(व्याकुल)

एक नगमा

दिल ही दिल है,
दिल ही गुलशन
गुल गुलशन गुलफाम है,
सुन लो इसकी अजब कहानी,
ढलती प्यारी शाम है।

धड़कने दो दिल को,
तो ठीक रहता है,
सोचने दो दिमाग को
तो भला होता है।

नहीं तो शैतानियां करने पर
उतर आता है।
दिल और दिमाग को मत जोड़ो,
ऐसी व्यवस्था ही भली रहती है,
दोनों के वास्ते।

आज दिल में मची हलचल,
कल दिमाग को छू जायेगी,
हालात बिगड़ेगे, तो,
मुश्किल खड़ी हो जायेगी।

दिल की धड़कन को
आंखों से बयाँ करना सीखो,

प्यार जब हो ही गया,
बंदिशो को भूलना सीखो।

दिल ही लम्हा है,
दिल ही मुद्दत है।

एक गुज़र जाता है
एक दिल में ही बैठी रहती है।

(व्याकुल)

अपराध आखिर क्यों

हर घड़ी जिन्दगी
बेहाल क्यों लगने लगी?
बेदर्द है आसमाँ
फिर आस क्यों जगने लगी?

हर घड़ी जिन्दगी
बेहाल क्यों लगने लगी?

इल्म रख कर ताक पर
वहशी बना क्यों आदमी?
ज़ुल्म की नदियाँ यहां
क्यों रोज ही बहने लगी?

हैवानियत है बेफिक्र,
इन्सानियत है गुमशुदा,
हर दोस्ती अब
आस्तीं का सांप सी लगने लगी।

जिनको पूजा, जिनको माना,
देवता जम कर यहां,
उनकी हस्ती उनकी बस्ती,
देख, अब डरने लगी।

हम नहीं दे पाये कुछ भी
अगली पीढ़ी के लिये,
हम सभी हैं इसमें शामिल,
बात कुछ जमने लगी।

(व्याकुल)

धीरज रख

मौसम बदल रहा है,
अपने हिसाब से,
हम देखते हैं मौसम,
अपने हिसाब से ।

हम सोचते कुछ भी
वो अपनी ही सोच है।
उसकी भी बात सुन लो,
उसके हिसाब से।

लो भूख और बढ़ गई,
खाओ झपट के न,
हर चीज बन रही है,
अपने हिसाब से ।

जो प्यास बढ़ रही है,
उसकी खबर भी रख,
है दिल मैं कैसी आरज़ू
बस, बेहिसाब से।

उठ, उठ के बढ़ रही है,
जीने की तलब भी
बढ़ने लगी हैं तल्खिंयां
तेरे हिजाब से ।

होने लगे ये जंग क्यों?
रोके नहीं गये,
किसने पढ़ाया फलसफा?
किसकी किताब से?

(व्याकुल)

शिव को आना होगा

मन का मन्थन बेमतलब है,
जाम हलाहल कौन पियेगा?

उधड़े घाव, सिसकती पीड़ा,
ऐसे घावों को कौन सियेगा?
मन का मन्थन बेमतलब है,
जाम हलाहल कौन पियेगा?

जी कर मरना, मर मर के जीना,
ऐसा जीना कौन जियेगा?
मन का मन्थन बेमतलब है,
जाम हलाहल कौन पियेगा?

सूरज एक,
अन्धेरे बहुते,
मनवा चारों ओर घिरेगा
मन का मन्थन बेमतलब है,
जाम हलाहल कौन पियेगा?

सभी बजाते अपनी डफली,
महाकाल से कौन भिड़ेगा
मन का मन्थन बेमतलब है,
जाम हलाहल कौन पियेगा?

इन्सानों की लगी लड़ाई,
कौन जियेगा, कौन मरेगा?
मन का मन्थन बेमतलब है,
जाम हलाहल कौन पियेगा?

इस कोने से उस कोने तक
सब कुछ मेरा है, बस मेरा है।
नत मस्तक जो मुझको माने,
वो ही कल तक यहाँ जियेगा।
मन का मन्थन बेमतलब है,
जाम हलाहल कौन पियेगा?

(व्याकुल)

एक और प्रयास

कत्ल करके दीदार करते हैं।
हम ऐसे लोगों से प्यार करते हैं।
पाल कर ज़िन्दगी
जो लूटेगा।
हम तो उनसे
करार करते हैं।

बाज़ार खुल गये मुहब्बत के
आज नकदी, कल उधार करते हैं।
जोड़ियाँ आसमां में बनती हैं,
हम तो नाहक धमाल करते हैं।

उनकी अनदेखी से हम रहे जिन्दा,
वो तो हर दिन हलाल करते हैं।
रास्ते बन चुके हैं, पहले ही
जिसमें हिम्मत वो पार करते हैं।

कत्ल करके दीदार करते हैं।
हम ऐसे लोगों से प्यार करते हैं।

(व्याकुल)

बहार होना

जब भी मौसम की बात होती है,
जिक्र कलियों का आ ही जाता है।
उनसे मिलने को मन तरसता है।
जिनसे मिलना समझ में आता है।
बात चेहरों की जब भी समझ में आ जाये,
जिक्र होटों का आ ही जाता है।

उनकी यादें, कमाल यादें हैं।
"बहार" होना समझ में आता है।
निगाहें मिलना अचानक कहाँ होता है?
चुपके, चुपके, धीरे, धीरे,
मुस्कुराना समझ में आता है।

बात शहरों की जब भी आ जाये,
जिक्र गलियों का उभर ही आता है।
हो तो ये भी सकता है
मैं गलत ही बोलूँ,
तेरा खिलना, तेरा खिलखिलाना समझ में आता है।

उनकी यादें, कमाल यादें हैं।
"बहार" होना समझ में आता है।

(व्याकुल)

धुन्धला साया

दोस्त ने दोस्ती को
जब भी पुकारा होगा
डायरी में लिखे हरफों का
धुन्धला सा साया होगा।

दोस्त ने दोस्ती को जब
दिल से पुकारा होगा।
जिन्दगी दूर तलक
तन्हा ही सही, चलने दो,
फिर किसी को याद कर
अपना समझ पुकारा होगा।

दोस्त ने दोस्ती को जब
दिल से पुकारा होगा।
पहाड़ गिर कर ज़मी पर
फिसल आये हैं,
एक ही अश्क को
आंखों से गिराया होगा।

डायरी में लिखे हरफों का
बस, धुन्धला सा साया होगा।

आज भी लोग
उन किस्सों को याद करते हैं
जिसने घनिष्ट रिश्ते को,
सरे-आम निभाया होगा।
डायरी में लिखे हरफों का
बस, धुन्धला सा साया होगा।

(व्याकुल)

ज़ालिम ख़फा

जश्न मुहब्बत का हो
या
हो बेरुखी का,
मनाओ इसको।
दिल में एहसास जग जाये
बेदिली का
छुपाओ इसको।

हर घड़ी, हर दिन
प्यार किससे "पुगता"
यानि, "निभाना" है।
पकड़ कर ढूंढ कर पास बिठाओ
कहाँ "पुगता" है।

अब ये सावन भी लौट जायेगा
लुटा कर सभी घटाओं को
लौट आ जाये झूम ले, अगले वर्ष
समझाओ इसको।

ग़ज़ल का मूड़ होता जो,
हाले दिल सुना देता,
पर डरता हूँ ज़ालिम खफा न हो जाये।

दिल के जख्मों को
बहुत देर तक न सह पाऊँगा
दिल तो चुप है
मैं भी खामोश हुआ, समझाओ इसको।

(व्याकुल)

कैसी बहार है?

होती रहेंगी रोज ही
ये तरफदारियां,
हमने बताया सच
तो हम दुश्मन करार हैं।

तकसीम करके उसने,
रुतबा बढ़ा लिया,
हर ओर गलतफहमियां,
शांति फरार है।

दिखता नहीं आसमाँ
सब ओर धुआँ,
वो पास से गुज़र गया
इसका मलाल है।

रुठा रहा जो अपना
उसको मना तो लें,
बैठी उदास कलियाँ
ये कैसी बहार है?

आकर रहेगी एक दिन
वो मेरे पास ही,
यादों को भूल जाऊँ
मेरी क्या मजाल है।

गुमसुम सी चाँन्दनी में,
दीपक जला के देख,
यादें मचल पड़ेंगी,
बोलो क्या खयाल है?

आओ हज़ूर आओ,
उठायेंगे जाम भी,
मिट जायें सारी दूरियां,
ये दिल की पुकार है।

कुछ लोग मयकदे से
उठकर चले गये,
बर्ताव तेरा साक़ी
समझ के पार है।

बालों का रंग स्याह तेरे,
होटों पर है गुलाब
लहरा के तेरा चलना
उड़ता गुलाल है।
बोलो क्या ख़याल है?

(व्याकुल)

त्रिया चरित्र

कभी पलके बिछाती हो,
कभी आंखे चुराती हो,
कभी कदमों में सिर रखकर
मुझे दुनिया बताती हो।

निगाहें ढूंढती है भीड़ में
सब कहीं मुझको,
कभी कांटा बताती हो,
कभी तिनका बताती हो।

पकड़ हाथ को मेरे
मुझे चलना सिखाती हो,
कभी हब्बी बताती हो,
कभी छैला बताती हो।

जमा कर आंख टीवी पर
नहीं है देखती कुछ भी
कभी गजलें सुनाती हो,
कभी ठुमके लगाती हो।

मैं अपने आप खुश था
नहीं की थी अग़र शादी,
कभी बेलन दिखाती है
कभी चिमटा उठाती है।

न जाने कौन से दिन
आपके सजदे में झुक जाये, ये सर मेरा
कभी महादेव है कहती,
कभी कान्हा बताती हो।

(व्याकुल)

ये मसला है

इलतज़ा आपसे करके
मुसीबत मोल ली मैने।
छुड़ाये कैसे दामन को,
ये मसला हो गया पैदा।

ये लिखना भी मुसीबत है,
हकीकत जान ली मैने,
कहाँ जाऊँ मैं छपवाने?
ये मसला हो गया पैदा।

उस्तादों की इबादत की
विचारों को शक्ल दे दी,
सुनाऊँ किस घर जाकर
ये मसला हो गया पैदा।

नवेला जानकर मुझको,
सभी मुझको निभाते हैं,
मुसीबत नाम दे कर के,
सभी आंखे चुराते हैं।

कहाँ जाऊँ, कहाँ जाऊँ,
ये मसला हो गया पैदा
ये मसला हो गया पैदा।

(व्याकुल)

मंजिल कहाँ ?

हर गाम का मतलब
कि मंजिल होगी ?

हर जाम का मतलब
कि महफिल होगी।

दूर से देख कर मुझको
नज़र भर देख ले पल भर को,
तो शफक़त होगी।

शहर में ढूंढने जाऊँ
जिसकी तलाश है ।

ग़र वो मिल भी जाये,
उसे है क्या पता, वही मेरी मंजिल होगी।
निकला है एक परिन्दा,
यादों के जाल से,
उसे परवाज़ दे जानम,
तभी मुहब्बत होगी।

तिल तिल जला है दीपक,
कर कर के इन्तजार,
कैसी है ये रियाया?
कैसी हुकूमत होगी?

लूटना रहा है जारी,
आँखों के रास्ते,
मुमकिन तो आज ये भी
वो इतना बेमुरब्बत होगी।

उसे आवाज दे जानम
तभी मुहब्बत होगी।

(व्याकुल)

अपने शहर में

होशो – हवाश खो चुके,
इस मुल्क में सभी,
दिखता नहीं है हमसफर,
इस अनजान शहर में।

अच्छे दिनों की आरज़ू
चुपचाप खिसक ली,
जब ढूँढते फिरोगे उसे,
गुमनाम शहर में।

उठती रही हैं ताकतें,
बन कर सियासतें,
मिलता नहीं हमदर्द सा,
दीवाने शहर में।

अच्छे दिनों की आरज़ू
चुपचाप खिसक ली।

अपनी हिफाज़तों का
घेरा बढ़ा लिया,
देकर बधाई मुलक को
चुपचाप चल दिये।

दिखता नहीं कोई हमकदम
इस अन्जान शहर में।

छिप छिप के आसमान ने
खुशियाँ जो छीन ली
तू उम्मीद बन के मेरी
उम्मीदवार रही है।

हर सांस जिन्दगी की,
तलबगार रही है।

हर शाम घिर के आ रही,
सितारों को साथ ले,
देखो तो तीरगी में
रौनके-हयात रही है।
हर सांस ज़िन्दगी की
तलबगार रही है।

(व्याकुल)

माहौल देखिये

हर शहर में ये मसला,
खड़ा हो गया,
हर मुहल्ले का नेता,
बड़ा हो गया।
ये मसला खड़ा हो गया।

रोज़ मिलते रहे, बात चलती रही,
अब ये देखो,
अलग ही धड़ा हो गया।
हर शहर में यह मसला खड़ा हो गया।

चलते-चलते रहे
बैठना साथ में
पहाड़ ऐसे ही
दिल में खड़ा हो गया।

हर शहर में यह मसला खड़ा हो गया।
दिल भी बटने लगे,
घर भी बटने लगे।

छोर आंगन का छोटा-बड़ा हो गया।
हर शहर में यह मसला खड़ा हो गया।

टिकट बाँटने वालों की तरफ इशारा :-
हुस्न वालों के नखरे बड़े हो गये,
सर्वे होने लगे, नज़रें बदलने लगीं,

फिर चढावे का टैन्डर बड़ा हो गया।
हर शहर में यह मसला खड़ा हो गया।
हर शहर में यह मसला खड़ा हो गया।
हर मुहल्ले का नेता बड़ा हो गया।

(व्याकुल)

नया एहसास

बहने लगी हवायें
खुशबू तेरी लिये,
मदहोशियां मिली हमें
बैठे ही, बिन पिये।
बहने लगी हवाये,

मुद्दत से तेरी आरज़ू
भीतर थी जा रही,
दिल तार तार था मेरा
बैठा था बिन सिये।

बहने लगी हवायें
खुशबू तेरी लिये,

हर दिन तुम्हारे वास्ते
रातें थी मेरे नाम,
कैसे भी जी रहा मैं
तेरी मदिरा को बिन पिये।

बहने लगी हवायें
खुशबू तेरी लिये,

उनकी तो वही जानें
ये मेरी बात है,
रातें भी जगमगा उठीं
जो उतरी थी बिन दिये।

चलने लगी हवायें
खुशबू तेरी लिये,

होंटो से फूल गिर कर
राहों पे आ गिरे,
हमने जो लिया थाम,
मर-मर के तब जीये।
बहने लगी हवायें,
खुशबू तेरी लिये।

(व्याकुल)

शब्द चित्र

बैठे थे भले चंगे,
फोटो भी खिंच गई।
खाली सी एक दिवार को,
कुछ बोलते मिले।

बाहर निकल कर चल दिये
लोगों से मिल लिये,
छायी है क्यों उदासी,
दिल टटोलते मिले।

ऐसा तो कुछ नहीं है,
ये झूठ है सभी,
हमने न पूछा कुछ भी,
वो बोलते मिले।

ऐसे जनाब चुप थे, कुछ बोलते नहीं,
हमने जो मांगी पत्री,
सियासत के अपने पत्रे
वो खोलते मिले।

जो कुछ तेरा डयू यानि हिस्सा
सब कुछ तो दे दिया,

बातों को हर लिहाज़ से
वो बोलते मिले।

खाली दीवार को भी वो बोलते मिले।
सियासत के अपने पत्रे वो खोलते मिले।

(व्याकुल)

चुभन

लोग झूठे ही सही, हाथ हिलाते देखे।
दर हकीकत, कुछ हासिल नहीं हो पाया,
उनकी तस्वीर से भी, काम चलाते देखे।

यूँ तो रिश्ते नहीं पुख़्ता कभी हो पाये,
दोस्त बनकर वो आग लगाते देखे।

शोहरतें लूटकर हर तरह
कमाया नाम और दौलत भी,

मन फिर भी न भरा
जुगत भिड़ाते देखे।

बोलकर प्यार से,
लूटी हैं महफिलें दिल की

चालाकियां पकड़ में न आ पायें
बात की बात बनाते देखे।

वक़्त ने फासले बना डाले
यादों को दफन कर डाला, फिर भी

अपने शीरीं होंठों से
अल्फ़ाज चुभाते देखे।

(व्याकुल)

गुफ़्तगु

रहेगी जिन्दा कैसे
अब अपनी गुफ़्तगु
अब उनको ''आप''
कहते हुए डर लगता है।
दिल के रिश्ते ''चूरमा'' होने लगे,
हो जायेंगे,
फिर भी डर है "आप" से
अब नहीं कह पाऊंगा।
उनके हसीन जलवे,
खुश हो रहे सभी,
ताली तो पीट लूंगा
कमाल आप हैं
कह नहीं पाऊंगा।
दिल के चबूतरे पर,
जुटने लगी है भीड़,
आ जाओ तुम भी आगे,
"आप " को न कह पाऊंगा।
मैं तो उनके तुम से तू
कहने को रहा बेसब्र,
उनको कहूँ मै "आप"
अब नहीं कह पाऊंगा।
रहेगी जिन्दा कैसे ?
अब अपनी गुफ्तगु ?

(व्याकुल)

पृथ्वी दिवस

खुद आसमां बनने
से पहले
धरती को लेना चूम,
भले आदमी।
निकहतें यानि खुशबुयें बिखरेंगी जब,
चारों तरफ, चारों तरफ,
भागते आयेंगे भंवरे,
पीने को रस भले आदमी।
दूसरों को न दे नसीहत,
खुद न सुधरेंगे कभी
अपने को भी कुछ सुधारो
सुनो, भले आदमी।
सब तमन्नायें
धरी की धरी रह जायेंगी,
यूं ही नाहक क्यों
छले जाता है, तू
सबको भले आदमी।
सूरतें भोली बना कर

सब के सब ठग हो गये, ठग हो गये।

तू भी ऐसा हुनर ले सीख,

भले आदमी।

जीवन में झूठ है बहुत,

लहरों को न कोस तू

तैरना विपरीत भी कुछ सीख,

व्याकुल भले आदमी।

(व्याकुल)

दिल का अफसाना

होते रहेंगे मशवरे,
मौसम के वास्ते,
दिल के मुआमलात को,
कोई पूछता नहीं।
लोगों ने अपने तौर पर
कुण्डलियां मिला तो लीं,
हम चीखते ही रह गये
दिल तो मिला के देख़।
किसने कहा कि,
दिल बाग-बाग है,
कुछ तो करीब जा के देख
सहरा है बहुत ही।
ये दिल किसी के वास्ते
लवली नहीं रहा,
उठता है दर्दे दिल, तो
दवाईयां हज़ार हैं।
दिल चाहता है,
कोई गमे दिल तो पूछ ले,

शायद इसी के वास्ते,
बीमार हो गया।
उठती रही मोहब्बतें
किस - किस के वास्ते,
ये याद – याद करके
दिल ही बदल गया।
ये दिल कहां संभलता
रुठा ही रहे हैं।
भेजा मुझे प्यार से,
पिज्जा कई दफ़ा।
दिल की उदासियों को,
कोई पूछता नहीं,
सब लोग मुब्तला हैं,
फीफा यानि पैसे के खेल में।

(व्याकुल)

असलियत

हर वो शख्स मेरा हम दम है,
जो मेरा हिसाब रखता है।
शख्स जो ढूंढता है महफिल को
जो पीकर शराब रखता है।
तोड़ता है कानूनी निजाम दुनियां में,
तो अपने हाथों में, कानूनी किताब रखता है।
हर वो शख्स मेरा साथी है,
जो रुख पर नकाब रखता है।
हर वो शख्स, जीते हैं इन्ताखाबों यानि (चुनावों) में
जो उम्दा रसूख रखता है।
हर वो शख्स पिट के रहता है, जिन्दगानी में,
जो घर की बॉस को मुंह पर जबाब देता है।
रफ्ता – रफ्ता चलते रहो, नज़ारे देखो,
कामयाबी उसी को मिलती है, जो थोड़ा तनाव चखता है।

(व्याकुल)

मजबूरी/मनः स्थिति

इतना कुछ देख लिया

इस जहान में,

याद करने लगो,

तो कुछ याद नहीं आता है।

कमाया प्यार था हमने

निभाया बहुत कुछ हमनें,

लुटाया हर तरफ सबको

अब कुछ भी पास नहीं है।

हवायें बहती रहती हैं,

नज़ारे खुलते जाते हैं,

खिज़ां के दौर आ बैठे,

फिर भी मन उदास नहीं है।

उम्मीदें हर तरफ

लुटती हुई तकदीर हो जैसे,

ये जीना फिर भी अपना,

कोई उधार नहीं है।

इसे अपना बना कर

पास रख,

बहला ले दिल अपना,
टूटी हुई कोई नाव नहीं है।
और अन्त में,
ये धरती, आसमां सदियों से,
उनको याद करते हैं,
बदलना रुप जारी है,
हुआ सीताहरण जैसे।

(व्याकुल)

मुखौटा

होंगी मजबूरियां भी कुछ उनकी,
ऐसा मैने भांप लिया।
दिखाया हौसला ऊपर से,
दिल मग़र बहुत छोटा है।
होंगी मजबूरियां भी कुछ उनकी।
आया था अपने शहर में
रहने के वास्ते,
पता चला कि
अपनो का यहां टोटा है।
होंगी मजबूरियां भी कुछ उनकी
बिगड़ – बिगड़ के बनती जहां में देखी है,
नसीब निकला अपना यहां भी खोटा है।
होंगी मजबूरियां भी कुछ उनकी
अपनी नाकामियों को जान लिया,
यही काफी है,
साथ में बैठना, उठना तो
महज़ धोखा है।
होंगी मजबूरियां भी कुछ उनकी

दुआ सलाम हुई,
बड़ी तसल्ली से,
हाल जान लिया,
यहां हर आदमी बहरा सा एक मुखौटा है।
होंगी मजबूरियां भी कुछ उनकी
नसीब निकला अपना यहां भी खोटा है।

(व्याकुल)

पृथ्वी दिवस

दानव को झेल – झेल कर
ज़ख्मी हूं मैं बहुत,
सीता की तरह मुझको भी
आगोश में ले लो।
जंगल में जब बस्ती पहुंची,
तब बस्ती मे चीता।
पंचवटी जब रावण पहुंचा
फिर लंका में सीता।
खूब तरक्की मानव करता,
इस पर (यानि धरती) पर बारम्बार
युद्ध हुये अगणित इस पर,
करता कौन विचार?
पर्वत – पर्वत, शिखर – शिखर पर
ध्वजा खूब लहराता है,
उनको औंधे डाल – डाल कर,
शेखी खूब जताता है।
धरती चुप – चुप सहती रहती,
मानव, तेरा वार,
घूमें मानव धाकड़ बन कर,
कौन करे उद्धार ?

(व्याकुल)

इधर – उधर की

धूप दुनियां की सरे-आम,
जब तक मैं सहूँगा,
मैं दस कदम पीछे नहीं,
आगे ही रहूँगा।

बेवफा कोई मर्जी से
होता नहीं दुनियां में,
हो भी जाये ग़र कोई,
मैं उसे अपना यार कहूँगा।

कान्धे पर सर रख कर
हवा बादल के चली आती है,
मैं तो इसको की कुदरत का
सभी के साथ, नाकाम इश्क कहूँगा।

होने लगी मुहब्बतें,
रुतबे को देख कर,
पिटने लगे प्यादे, घनघोर जंग में,
मैं तो इसे मुहब्बते-बेज़ार कहूँगा।

लोग नाहक ही मुझ से
दूर, बहुत दूर हो गये,
उनकी तो वही जानें,
मैं तो हमेंशा उनको अपने पास कहूँगा।

जमानें मे फ़िदा होना भी
मुश्किल हो गया यारों,
कोई मजनू बताता है,
कोई फियादीन कह रहा।

हर रोज़ नया ग़म, चला आता है,
हर दिन खुद को खुद ही खा जाता है।
जिस जिस को देख कर जीने लगा था दिल,
उन सब की बेरुखी पे (व्याकुल) तरस आता है।

(व्याकुल)

प्रतिध्वनि

दिल के किसी एहसास को महसूस कर,
उस पर यकीन कर।
क्यों ढूंढता है दिल फिर उसे,
इस पर यकीन कर।

आँखों से चल कर,
यादों में बस गया,
वो इश्क है कमीने,
इस पर यकीन कर।
इक लम्हा जोड़-जोड़ कर,
दिल में बसा लिया,
ये ही तो प्यारे, इश्क है,
इस पर यकीन कर।

रुक सी गई है जिन्दगी,
नग्में भी थम गये,
आयेंगी फिर मुहब्बतें,
इस पर यकीन कर।

होटों को सी लिया जो,
नग्मों को गाये जो
भीतर से गूँज आई (प्रतिध्वनि),
इस पर यकीन कर।

व्याकुल"

मौसम का चलन है यही,
बदलाव लाज़िमी,
आयेंगी बहारें लौटकर,
इस पर यकीन कर।
उठती है अपने आप 'लहर'
साहिल को चूमने
ये सिलसिला रहेगा जारी,
इस पर यकीन कर।
दिल के किसी एहसास को महसूस कर

(व्याकुल)

दिल के घाव

वक्त के साथ
ढलना मुश्किल है,
मैं उसके साथ,
चल नहीं सकता।
हैं छुपे राज़ कई अन्तस में,
मैं सबके सामनें उनको,
रख नहीं सकता।

मैं वक्त के साथ
ढल नहीं सकता।
ये घाव ये दिल के ज़ख्म
दिखते नहीं,
पर, रिस्ते हैं जरुर,
उन्हें खुले आम मैं,
रख नहीं सकता।
मैं उनकें साथ,
चल नहीं सकता।

लोग सीता को जंगल में
छोड़ आते हैं, कसूर क्या उसका?
मैं ऐसे राम की माला भी
जप नहीं सकता।

मैं उनके साथ ज़माने में
चल नहीं सकता।

जो जख्म दिखते नहीं,
उन्हें खुले आम,
रख नहीं सकता।

(व्याकुल)

चुनावी टप्पे

जोड़ – जोड़ के हाथ सब,
बिन खुशियां मुस्काये
बगल में रखो छुरियां
कब मौका मिल जाये।

विज्ञापन :-
कोई बैठा रुठ कर,
कोई दिखा मजबूर,
कोई चिपकू सा लगे,
कोई दिखा मगरुर।

सबकी बोली, भाषा एक सी,
टेप लियो बनवाये
हम ही रक्षक आपके
और न दूजो भाये ।

राम, राम का जाप कर,
मन्दिर दियो बनाये
उसकी कृपा हो रही
अब काहे भरमाये।

व्याकुल इस संसार में
मत मिलना तुम धाय,
न जाने किस रुप में
फिर नेता मिल जाये।

कोई बैठा मानकर
टिकट जेब में हाय,
कर्मण की गति देख लो,
झपट बाज ले जाये,
जपते – जपते राम को
झरे फूल खिल जाये,
गिरते पड़ते चलते रहो,
नकद नारायण मिल जाये।

(व्याकुल)

कतरा कतरा

दिल तो दरिया है,
रोक कर भी
कहां ठहरता है?
रोक लो उसको बन्दिशों में कभी
सदायें बन के वो बिखरता है।

कतरा – कतरा जमा करके,
रोज पीता हूँ तेरी यादों को,
कतरा – कतरा तुम्हारी यादों का
रोज मिलता मुझको समन्दर सा।

लोग पुरजोर वार करते हैं,
खत्म करने को उसे,
रोज जीता वो
आसमाँ बनकर।

उम्र भर डर कर के
कौन जीता है,
हों अग़र हौसले लड़ाई के
उसको प्रहार देता है सकून,
वो जो मिलता है, मेहरबाँ बन कर।

क़तरा – क़तरा
तुम्हारी यादों का,
रोज मिलता भरा समन्दर सा।
मेहरबानी तेरी सलामत रहे,
रोज जीता हूँ आसमाँ बन कर।

(व्याकुल)

तजुरबे

दिल तो बहुत बड़ा है
दिलदार है बहुत,
बे आसरा नही है
धड़कता है रात दिन।

किसने ये कहा मुझको,
दिल बाग – बाग है,
आकर करीब देख ले,
सहरा है बहुत ही।

होती रहेंगी बैठकें,
मौसम के वास्ते,
दिल के मुआमलात को
कोई पूछता नहीं।

सब ओर दोहरी मार का
बढ़ने लगा चलन,
रकीब भी कहने लगे,
मुहब्बत है पल रही।

बाकी तो सभी बातें,
मुकम्मल है हो गई,
पेन्शन के बारे टेन्शन
बढ़ने लगी है अब।

(व्याकुल)

गठबन्धन

लोगों ने नये शोध कर
कुण्डलियां मिला तो ली,
हम चीखते ही रह गये,
दिल तो मिला के देख।

मुझको भी दोस्तों ने
सिखाया है बहुत कुछ
साबित करुंगा खुद को
तू कर्जा दिला के देख।

हम चीखते ही रह गये
कर्जा दिला के देख।

(व्याकुल)

मेरी मम्मी, प्यारी मम्मी

कोयल जैसी गाती मम्मी,
गीत खुशी से गाती मम्मी।

सबको प्यारी लगती मम्मी,
मुझको सबसे प्यारी मम्मी।

पढ़ना लिखना खूब सिखाती, मम्मी,
गलती, फलती हो जाये जब,
आँखे खूब दिखाती मम्मी।

मैं और पापा जीते बाजी,
जानबूझ कर हारे मम्मी।
गीत खुशी के गाती मम्मी।

लेकर आया नम्बर अच्छे,
पीठ मेरी सहलाती मम्मी,
मेरी मम्मी, प्यारी मम्मी।

पिज्जा, बर्गर, सैंडविच छोड़ो
भल्ले खूब खिलाती मम्मी
मेरी मम्मी, प्यारी मम्मी,
सब मम्मियों से प्यारी मम्मी।

(व्याकुल)

90. नया मुकाम

आइये,
इश्क में नया निज़ाम चलाया जाये,
कांटों के एक उपवन को,
सरे-आम सजाया जाये।
नया निज़ाम चलाया जाये।

शहर में, सुना है
फूलों की बहुत चलती है,
आइये कांटो की बस्ती को,
उसका मुकाम दिलाया जाये।
नया निज़ाम चलाया जाये।

हाथ में फूल लिये
गीत, गजलों को बहुत गाते हो
एक नग्मा तो इन खारों (कांटों) को
तरन्नुम में सुनाया जाये।
नया निज़ाम चलाया जाये।

मशवरे खूब मिले,
लगाओ पेड़, हरियाली कर दो,
खुद को जोड़ो जमीनी हकीकत से, 'व्याकुल'
ये मुद्दा सरे-आम उठाया जाये।
नया निज़ाम चलाया जाये।

(व्याकुल)

जिन्दगी

जिन्दगी रोज एक खुलासा है।
साँस जीने का इक दिलासा है।

तीर पर बैठकर
लहरें कौन गिने
पास बैठो तो कुछ भला सा है।

पुलिन्दा झूठ का है दिल का मिलना,
मिलना आँख का भी इक तमाशा है।

आसरे जिसके काटनी थी
मुझे सारी जिन्दगी
रोज मिलती वहाँ निराशा है।

छू न पाया जीवन की
बुलन्द मीनारों को,
दौड़ जीवन की बेतहाशा है।

जिन्दगी रोज इक खुलासा है
सांस जीने का इक दिलासा है
वक्त चाहे तो तोड़ सकता है
सब कुछ,
टूटती आस का धागा
कहीं जुड़ा सा है।

तेरे नग्मों में कुछ मधुरता है
जिनको सुन कर के
कुछ संवरता है।

ज़िन्दगी रोज़ इक खुलासा है।
सांस जीने का इक दिलासा है

(व्याकुल)

पहेली है

ये दुनियां बियावान है
ग़र तू नहीं होती।
यहां जीना भी घमासान है,
ग़र तू नहीं होती।

लिखा तो नुमायाँ है
हर चेहरे पर बहुत कुछ,
पढ़ना किसे आया,
ग़र तू नहीं होती।

सलीके दुनियां में जीने के
समझ आने लगे भईया,
कैसे मैं सीख पाता?
ग़र तू नही होती।

हुनर सारे बुलन्दी के
जलवा फरोश मुमकिन हैं,
नहीं हो पाता ये कुछ भी,
ग़र तू नहीं होती।

सलीका प्यार का अब हुआ हासिल,
समझ में आ गया मुझको,
नहीं मैं सीख पाता इसको
ग़र तू नहीं होती।

(व्याकुल)

ख़ुदा से गुफ्तगू

इन दिनों इश्क,
मैं नहीं करती।
तुमसे हक़ ही
अदा नहीं होता।

दौड़ कर पर्वतों को लांघू क्यों कर?
तुम से मैदान भी,
समतल नहीं होता।
तुमसे हक़ ही
अदा नहीं होता।

जिसको पाना है
खोकर सबको,
फिर वो भी (यानि) खुदा
बाखबर नहीं होता।
तुमसे हक ही अदा नहीं होता।

जान ले दिल की मजबूरी
मैं तुझ से प्यार कर बैठी,
खबर सब है उसे इसकी,
कभी वो बा-ख़बर नहीं होता।
तुमसे हक ही अदा नहीं होता।

तेरी दुनियां तो बहुत रोशन है,
और भी होगी,
अपना तो घर दिवाली में भी
रोशन नहीं होता।
तुमसे हक ही अदा नहीं होता।

आशिकों का दिल
कभी मक़तल नहीं होता,
मैं समझती हूँ तेरी मजबूरी,
किस लिये हक़
अदा नहीं होता।

मैं दिल की सुन कर, गलती एक बार कर बैठी,
फिर भी इस दिल का
बेड़ा गर्क नहीं होता
तुमसे हक ही अदा नहीं होता।

(व्याकुल)

गम बेशुमार हैं

लहरों की बात भूल जा,
हम दरकिनार हैं।
अकेले तो हम फिर भी नहीं
ग़म बेशुमार हैं।

चलते – चलते रहे
दरिया की तरह हम,
बांधो हमें भी रोक लो,
हम बेकरार हैं।

फिर भी अकेले हैं नहीं
गम बेशुमार हैं।

आती थी जो हवायें
ऊपर से बह गई,
हम आज भी हमेंशा की तरह
पहले की तरह तलबगार हैं।

बेशक मुहब्बतें मेरी,
रकीबों ने छीन ली,
वो किस्से दबी ज़ुबान से,
बड़े पायेदार हैं।

उदास बैठ कर
बस्ती को कोसने वालो,
करीब जाओ,
मुहब्बत का कारवाँ ढूंढो।
हकीक़त ये है
कि सब सरमाये दार हैं।

(व्याकुल)

कई बहाने

ऐसे तो हर लिहाज़ से,
मौसम बड़ा सुहाना है।
फूलों को जतनों से सजाना,
जीने का इक बहाना है।

जब कभी अपने भुलाने लगते हैं,
हम अपना मुक्कद्दर फूलों से जोड़ लेते हैं।

हम खुद ही अपने आप से,
ऐसे उलझ गये,
यारों की बेरुखी से
रिश्ता बना लिया।

हमने तो हर कदम पर
पूछा था तुम्हें ही
तुमने जो आँखें फेर कर
चलना सिखा दिया।

हर ओर,
हर बार जिन्दगी के
तमाशे बहुत हुये,
फिर भी मुकाबला तेरा
कोई न कर सका।

सजीव यानि जिन्दा रहने का करो प्रयास,
सायास या अनायास,
कुदरत के कई रंग
रखे रहो अंग- संग।

जब कभी अपने भुलाने लगते हैं,
हम अपना मुक्कद्दर फूलों से जोड़ लेते हैं।

अपने शहर की शाम को
समझनें में देर की,
सच्ची सी बात भी यहां
शिकवा है हो गई।
जो चल रहा है आजकल,
उसको भी देख लो
काम आयेगा यही तो
अगले जन्म में भी।

चुरायी ढेर सारी हमने
लिखी इबारतें,
अपने ही नाम से उन्हें,
लिखा, दिखा दिया।
क्षमा करें।

(व्याकुल)

समझ सको तो

दिल की रुमानियत का
कोई आसमां नहीं
होने लगी हैं शादियां
रुतबे को देखकर।

पानी की प्यास को
मुई, कोक ले गयी,
लिखने लगे कहानियां
टी. वी. को देखकर।

उठ़ने लगी आवाजें
हिम्मत तो देख लो,
नाचेंगी अब मुरगाबियां
शिकारी को देखकर।

फिसलेंगे फिर पहाड़
नदियां उबल पड़ीं,
लोगों ने जिन्दगी के,
करीनें बदल दिये।

खुद को शरीफ मान कर,
दुनियां से भिड़ गये,
करते रहो शिकायतें,
घरद्वार बैठकर।

(व्याकुल)

कुछ भी सही कहाँ ?

मिलते मिलते, लिखते, लिखते
भूलने की आदत पनप गई,
गैरों से हुई दोस्ती,
अपने भुला दिये।

वो एक दिन बरस गई,
धूम मच गई,
अब बादलों के काफिले
कहीं दूर चल दिये।

लहरें उठी जिग़र में
करती किलोल हैं,
मुस्कुराती दिल लुभाती,
लेकिन ठिठक गईं।

चाह कर न भूल पाया,
उसकी मुहब्बतें,
मुझ पर यकीन कर लो,
बेआस ज़िन्दगी जैसे भटक गई।

न थी हुस्न से शिकायत,
न कोई रंज था
रकीबों को उसकी झुकती
नज़रें खटक गईं।

(व्याकुल)

रुठा गांव सा

पूछते थे रास्ता मुझसे,
जो कभी
आज खुद वो रास्ता
ठहरा हुआ गुमनाम सा।

चल मुसलसल ढूँढते हैं,
ज़िन्दगी के प्यार को
चुप है बैठा वो
रुठा गांव सा।

अब बना बैठा लाडला सबका यही (मोबाइल)
अब नहीं आता कोई पैग़ाम सा।
पहले जमती थीं बला की महफिलें,
अब, दिन भी ढलता है तो खाली जाम सा।

दोस्त मिलते हैं कहां? फुर्सत किसे,
याद था रखता जिन्हें जरुरी काम सा।
दोस्ताने अब कहाँ होने लगे,
दोस्त रखना भी हुआ इल्ज़ाम सा।

(व्याकुल)

किनारे भी खो गये

मंजिल हमारे इश्क को
यूं कर न मिल सकी
"पेपर" हमारे प्यार के
सब लीक हो गये।

उठने लगीं थी तोहमतें,
अपने भी प्यार पर,
टूटे हुये सपनों के हम
प्रतीक हो गये,

"पेपर" हमारे प्यार के
सब लीक हो गये।

घुटने लगी हैं सांसे,
उठने लगा धुंआ,
रोशन थे जो चिराग
बुझते कंदील हो गये
'पेपर' सब लीक हो गये।

उजालों की आस दिल में
जारी सफर रहा,
कर, कर के इन्तज़ार
लो सितारे भी सो गये।

"पेपर" हमारे प्यार के
सब लीक हो गये।

हर दिन तूफान उठे,
पर हौसला भी था,
लहरों का घमासान था,
किनारे भी खो गये

"पेपर" हमारे प्यार के
सब लीक हो गये।
सब लीक हो गये।

(व्याकुल)

वर्तमान - शेष भाग

जल का स्तर
उपर आते ही
प्यारा "इंटैलीजेंट" कौवा
आराम से पीकर पानी
कुछ देर,
निकल जाता है खुले आसमान में

सत्ता का प्यासा
ये कौआ,
अब कल सुबह नहीं
लौटेगा 5 साल बाद,

कांव, कांव की
वहीं पुरानी रट लेकर

(व्याकुल)

मतगणना के बाद

आज कुछ भी नया
न लिखा न सुनाया जायेगा
आईना ही आप सबको
दिखाया जायेगा।

नेताओं से -
जो पढाईयां आपने दी हैं हमें
अब तरजुमा उनका रटाया जायेगा।
आईना ही अब दिखाया जायेगा।

कौन कैसे दिल में हो सके
काबिल यहां
फलसफा-ए-इश्क,
सबको सुनाया जायेगा।
आईना ही सब को दिखाया जायेगा।

वो जो नुमाँयाँ करके,
फिर से ढक दिया
इस हक़ीक़त से भी
पर्दा हटाया जायेगा।
आईना ही सब को दिखाया जायेगा।

इस जमीं से आसमां तक
बेचना ग़र जारी रहा,
ऐसी घटिया सोच को
बहुत गहरे दफनाया जायेगा।
आईना ही सब को दिखाया जायेगा।

ये तिजारत है?
मग़र बिल्कुल नहीं
सभी नेतागण को
ऐसे ही हटाया जायेगा।
आईना ही सब को दिखाया जायेगा।

अन्ध भक्तों की भीड़ में
कौन सुनेगा बात?
एकल दीप जलाये के,
काट अकेले रात।

(व्याकुल)

~~~~~~~~~~~~
~~~~~~~~~~~~

www.ingramcontent.com/pod-product-compliance
Lightning Source LLC
LaVergne TN
LVHW040436051026
849517LV00002B/630
* 9 7 8 9 3 9 3 5 8 2 9 5 9 *